閱讀123

國家圖書館出版品預行編目資料

大熊醫生粉絲團／劉思源 文；嚴凱信 圖 -- 第二版. -- 臺北市：親子天下, 2019.05
128 面；14.8x21公分. --（閱讀123） ISBN 978-957-503-373-6（平裝）
859.6 1080002938

閱讀 123 系列 —— 066

Doctor 大熊醫生粉絲團

作　者｜劉思源
繪　者｜嚴凱信
審定｜李玲玲、曾建偉
責任編輯｜黃雅妮
特約編輯｜游嘉惠
美術設計｜蕭雅慧
行銷企劃｜王予農、陳亭文

天下雜誌群創辦人｜殷允芃　董事長兼執行長｜何琦瑜
媒體暨產品事業群
總經理｜游玉雪　副總經理｜林彥傑
總編輯｜林欣靜
行銷總監｜林育菁
副總監｜蔡忠琦
版權主任｜何晨瑋、黃微真

出版者｜親子天下股份有限公司
地址｜台北市 104 建國北路一段 96 號 4 樓
電話｜（02）2509-2800　傳真｜（02）2509-2462
網址｜ www.parenting.com.tw
讀者服務專線｜（02）2662-0332　週一～週五：09:00~17:30
讀者服務傳真｜（02）2662-6048　客服信箱｜ parenting@cw.com.tw
法律顧問｜台英國際商務法律事務所・羅明通律師
製版印刷｜中原造像股份有限公司
總經銷｜大和圖書有限公司　電話：(02) 8990-2588

出版日期｜ 2016 年 12 月第一版第一次印行
2024 年 6 月第二版第六次印行
定價｜260 元
書號｜ BKKCD119P
ISBN ｜ 978-957-503-373-6（平裝）

訂購服務
親子天下 Shopping ｜ shopping.parenting.com.tw
海外・大量訂購｜ parenting@cw.com.tw
書香花園｜台北市建國北路二段 6 巷 11 號　電話｜（02）2506-1635
劃撥帳號｜ 50331356 親子天下股份有限公司

Doctor

大熊醫生粉絲團

文 劉思源 圖 嚴凱信

目次

蛙蛙叫電視台
今年釣魚大賽意外連連，去年冠軍蛙爺爺竟然接連揮竿釣到拖鞋、空罐頭、風箏……真教人哭笑不得……
信天翁快報
魚群旅行團跟隨洋流經過呼呼島海域將會非常熱鬧
第五號洋流
路過之海洋旅客可能登島請各民宿、旅館多加準備
一輛不明車輛深夜偷偷在海邊傾倒垃圾，引起當地居民公憤，紛紛拍照存證，發誓揪出可惡的司機。
貓頭鷹夜夜網

蟹蟹廣播網
近日颱風多，航班不穩定，
請大家隨時留意最新資訊。
呼呼島日報
白沙海灘音樂會熱鬧非凡
音樂會結束後，有15位兒童找不到爸爸媽媽，
請走失兒童家長盡快
前往派出所認領!!

1 呼呼島的呼喚

太陽漸漸往西，呼呼島的黃昏也降臨了，從南方港口開出的渡船終於快要靠岸了。

海浪滔滔……

海浪滔滔……

船是一艘好老好老的汽船。

船長是一隻好老好老的水獺。

今天船上只有一位乘客，不過光是這位乘客就讓這艘老汽船客滿了。

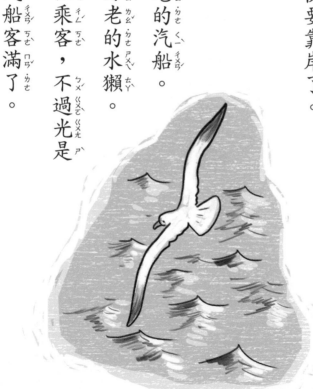

坐在船艙裡的巨大身影，是大熊醫生，也是老水獺船長所見過最高大、最壯的熊。

他一進船艙就撞到頭，一屁股坐下就把整個船艙塞滿，整艘船不停搖晃。

還好今天天氣晴朗，航行很順利，經過三十分鐘後，船便靠了岸。

大熊醫生下了船，

走上碼頭，海風呼呼的吹，

海浪呼呼的叫，好好聽。

「怪不得叫做呼呼島。」

大熊醫生伸個懶腰，

他這幾天忙著趕路，著實有點累了。

為什麼大熊醫生會來呼呼島呢？

原來，前幾天山羊院長
突然接到一封來自呼呼島的求救
信，他看完信把大熊醫生找來，
「大熊，你對治療工作已經很
熟練了，應該去外面多磨練磨練。
呼呼島那兒急需一位醫生，
我想沒有比你更合適的。」

大熊醫生聽了又好奇又興奮，他從小就嚮往有一天能住在海邊。他想像著一座被大海和天空圍繞的小島，嘩啦嘩啦翻跟斗的海浪、閃爍的波光都讓他眼睛發亮。

於是他一路搭飛機、坐火車，終於趕到南方港口，踏上一星期只有一班開往呼呼島的渡船。

大熊醫生一下船便
發現呼呼島看起來好像
三層蛋糕。
第一層是沙灘和海岸。
第二層是田園和丘陵。
第三層是山林。

「請問呼呼島醫院該怎麼走？」

大熊醫生向老水獺船長打聽。

老水獺船長正要回答，一輛救護車喔咿喔咿鳴著笛聲衝了過來。

救護車停在大熊醫生前面。

車門碰的一聲打開，

一隻小水獺跳下來。

大熊醫生看看老水獺，再看看小水獺，

兩隻水獺長得好像，只是一個大、一個小。

「我是小水獺阿金，老船長是我爺爺。」

小水獺親切的說明，「我們水獺家族負責呼呼島的交通網，水陸全包，還有地下捷運喔。」

阿金伸手接過大熊醫生的醫藥箱，邊走邊說：

「嗨！一頭熊？很大？太明顯了，您一定就是大熊醫生對不對？山羊院長已經打電話給我們，預計今天您會來報到。」

阿金劈哩啪啦說著，像一串燃燒的小爆竹，大熊醫生完全插不上嘴。

阿金繼續劈哩啪啦：

「我除了擔任救護車司機，也是呼呼島醫院的護士、技師兼藥劑師。」

「你一個人要包辦這麼多工作呀？」大熊醫生驚訝的問。

阿金驕傲的抬起頭，細細的鬍鬚得意的往上揚。

「沒錯，島上的醫護人員只有兩個，一個是我、另一個就是——你。」

「因為人手不夠，一個人要當十個人用。」阿金把大熊醫生推上車，「你必須負責內科、外科、產科……等等全部醫療工作。」

「不可能。」大熊醫生驚叫，雖然他長得「熊」壯威武，卻只是個年輕的小醫生，哪有這麼大的本事？

「哈哈，在呼呼島沒有不可能的事喲。」阿金踩下油門，咧著嘴笑，「坐穩，上路囉。」

11:01
03:12

阿金開著救護車一路沿著海岸往前走。
大熊醫生趕了幾天路，眼皮實在撐不住。
呼呼……呼呼……呼呼……
大熊醫生打呼的聲音可真大啊。
阿金看了大熊醫生一眼，
呼呼島又多了一種呼呼聲。

2 拯救醫院大作戰

救護車沿著公路走了大半夜。

「醒醒、醒醒，大熊醫生。」阿金叫醒大熊醫生，「醫院快到了喔。」

大熊醫生睜開眼睛，發現天色已經濛濛亮，他有點不好意思，想不到居然睡得這麼熟？

這時候，救護車剛好轉彎，一片大海出現在眼前，無數的海鳥在海面上穿梭。

「哇！好美。」大熊醫生搖下車窗，忍不住驚呼。

「就是啊！」阿金得意的說。

阿金又行駛了一會兒，最後把車停在一棟高大的木屋前面。

「到了！這裡就是呼呼島醫院。」阿金請大熊醫生下車，並且把行李和醫藥箱都搬下來。

「因為島上只有一所醫院，因此設在中部的海岸線上，方便各地的居民來就醫。但是自從候鳥醫生失蹤，以及一一八號颱風吹垮半個屋頂之後，醫院已經很久沒開門

了。」阿金滔滔不絕的介紹醫院的狀況。

大熊醫生打量著眼前這棟破舊的建築，看起來是由老舊木材行改建的，空間很大，但是門窗玻璃都破了，屋頂也掀開了一角，屋裡的樓梯、櫃子、桌椅都有些缺角或裂痕，也不知道水電能不能用。

大熊醫生皺起眉頭，問：「這棟醫院還能使用嗎？」

「當然可以，它是用呼呼島最好的木頭搭造的，堅固、耐用、防水。」

阿金敲敲屋子的梁柱，木頭發出叩叩叩的響亮回響，他笑著說：「只需要整理一下就可以了。」

大熊醫生看看阿金，心裡想著就憑他們兩個，不知要花多久的時間才能修好。

「放心，保證一天搞定。我可是木工、油漆、打掃樣樣都行的小水獺阿金，況且……」阿金迅速吹了一聲口哨，立刻有數十隻小水獺從各處冒出來，「我們一家都是修理高手呢！」

在阿金一聲令下，全體水獺立刻動手整修醫院。

「水獺家族人手可真不少呀！」

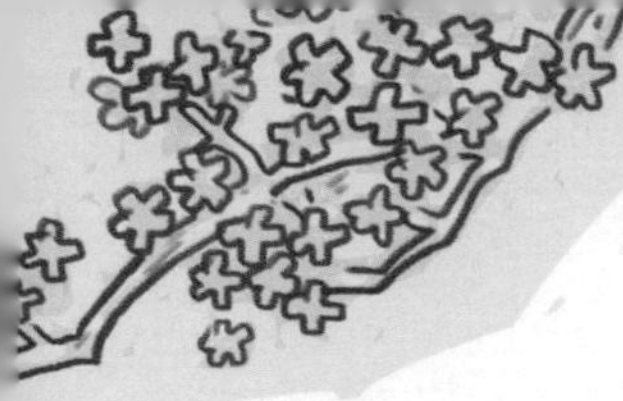

大熊醫生笑了，捲起袖子加入清理的行列。

一雙手做不了的事，十雙手一定做得成。

當太陽快要落到海裡的時候，醫院已煥然一新。屋頂修好了，並鋪上新的屋瓦；大大小小三十三扇門窗統統換上新的玻璃；家具和樓梯都修好了；電線和水管也全部更新。每層階梯還加上了一層厚木板，牢靠些；器材缺的、壞的，就列在清單上，等待日後添補。

現在只剩下大門還沒裝上。大熊醫生不假思索的說：

「大門，就是要愈大愈好。」

為了方便大型動物進出，他請水獺們把原先的大門加大，還親手漆上他最喜歡的顏色——海水藍。

推開門，就像推開一片海。

「謝謝大家，等藥品陸續補齊後，醫院就可以重新看診了。」大熊醫生說。

沒想到，就在掛上醫院招牌這歷史性的一刻，大熊醫生的肚子竟然發出巨響——

咕嚕咕嚕、咕嚕咕嚕、咕嚕咕嚕。

哎呀！工作了一天，大熊醫生的肚子餓扁了。

「鯨魚食堂！」水獺們也都餓慌了，一起默契十足的大叫。

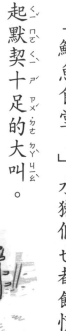

呼呼島醫院

「那還等什麼呢？」

阿金跳上救護車的駕駛座，水獺們也把大熊醫生推上車，

「肚子餓的時候，一定要去鯨魚食堂，把肚子塞得像鯨魚一樣大。」

當大熊醫生坐在食堂的椅子上，一口吞下烤魚時，忽然覺得：

他好像已在呼呼島住了好久好久。

3

Doctor 大熊醫生粉絲團

沒多久，呼呼島醫院便正式重新開張。

大熊醫生把醫院一樓規劃成兩部分，前頭是診療室，後頭是開刀房；二樓是住院病房；後方的車庫則充當員工宿舍。

因為島上只有一位醫生，動物們不管咳嗽的、肚子疼的、發燒的……統統來找大熊醫生。

每個來求診的病患，大熊醫生都盡力治療，病症嚴重的就請老水獺船長用渡船轉送到山羊院長那兒。

若是有空檔，大熊醫生也不閒著，騎著腳踏車到各地巡迴診療，順便來趟小旅行。

阿金發現，在大熊醫生「熊」壯威武的外表下藏著一顆豆腐心。天冷的時候，大熊醫生總是先把聽診器弄暖，才放在病人身上。凶巴巴的小山貓腿跌斷了，幫他打石膏時差點被咬，

大熊醫生也沒生氣。而且只要有動物寶寶來醫院看病，大熊醫生就會送上一個愛的大抱抱。

而大熊醫生也發現，阿金是個很好的幫手，他的記憶力非常驚人，每個居民的病歷都清楚記在他腦中，隨口就能說出來。

大熊醫生還在網路上開設一個「Doctor大熊醫生粉絲團」的粉絲專頁，以便隨時發布最新的醫療和保健訊息，同時掌握每一隻、每一頭、每一條病患的診後追蹤。

「好主意！這叫做『一網打盡』。」阿金開玩笑的說，

他心裡愈來愈佩服大熊醫生了。

呼呼島的居民超喜歡這個新點子，「大熊醫生粉絲團」粉絲專頁一開張，三天內就突破一萬個讚，而且各種留言和照片紛紛湧入，有發問的、求救的、聊天的、交換資訊的，熱鬧得不得了。

「真奇怪！」阿金搖搖頭，他怎麼想也想不通，哪來這麼多留言，整個呼呼島也沒有一千個居民，更不用說其中還有許多不會操作電腦的寶寶和老人啊！

大熊醫生呵呵笑，網路無國界，粉絲團大成功。

4

黑貓妹報到

在大熊醫生和阿金的合作下，呼呼島醫院成了大家最信任的地方。

病人愈來愈多，照顧的人手顯然不夠。更不用說大熊醫生前幾天還在樹林裡撿到一隻剛出生、無家可歸的小貓頭鷹毛毛。

這隻渾身毛茸茸的烏娃娃只裹著尿布，話也說不清楚，而且不知是痛？是怕？還是冷？毛毛睡不好，還一直不停的發抖。

大熊醫生正傷腦筋，忽然看見自己的大腳丫，他動動腳趾，腦子裡冒出一個好主意。

原來，大熊醫生想起奶奶每年都會寄自己編織的毛帽、毛襪、圍巾給他。於是，他立刻找出一雙長毛襪改造成毛毛的專屬保溫袋。

毛毛被厚厚的毛襪包裹著，柔軟又保暖，才總算慢慢安靜下來。

大熊醫生仔細幫毛毛檢查。

「嗯，一邊翅膀有傷口，一條腿骨折。」

大熊醫生幫毛毛把傷口清理乾淨，
並用小木板和樹枝固定骨折的部位。
為了照顧毛毛，大熊醫生和阿金
一整個晚上都沒睡。

「我可以再撐一撐。」阿金剛說完
就打了一個大哈欠。

「去睡吧，我可不想再有一隻小水獺
住院。」大熊醫生搖搖頭。

可是醫院真的需要更多人手幫忙，
他們該怎麼做呢？
阿金眨眨眼，指指電腦。
「阿金，你真聰明。」
大熊醫生在粉絲團上刊登徵人啟示，
徵求一位看護。
沒想到，當天晚上網頁裡
就湧入鼴鼠伯、白鼻心小姐

等十多位求職者留言。

經過慎重考慮，大熊醫生最後選擇了黑貓妹。

原因是黑貓妹和毛毛都有一張貓臉，會有親切感。

黑貓妹第二天傍晚就來醫院報到。

「交給我就安啦。」黑貓妹掛保證，她不但餵毛毛吃飯、喝水、幫他洗澡、梳毛、還會講故事給他聽。她每天幫毛毛拍一張照片放在粉絲頁上，希望他的爸爸媽媽看到照片以後，能夠早日來接他回家。

可是，雖然有很多熱心民眾提供消息，毛毛的爸爸和媽媽卻一直沒有出現。

終於，毛毛的傷口癒合，也長大能飛了。

黑貓妹問大熊醫生：「我們該放毛毛回樹林了嗎？」

黑貓妹知道，
鳥是屬於天空的。
大熊醫生點點頭，
「不急，毛毛沒有飛行經驗，
這件事要慢慢來。」
大熊醫生請阿金
在粉絲團招募志工。

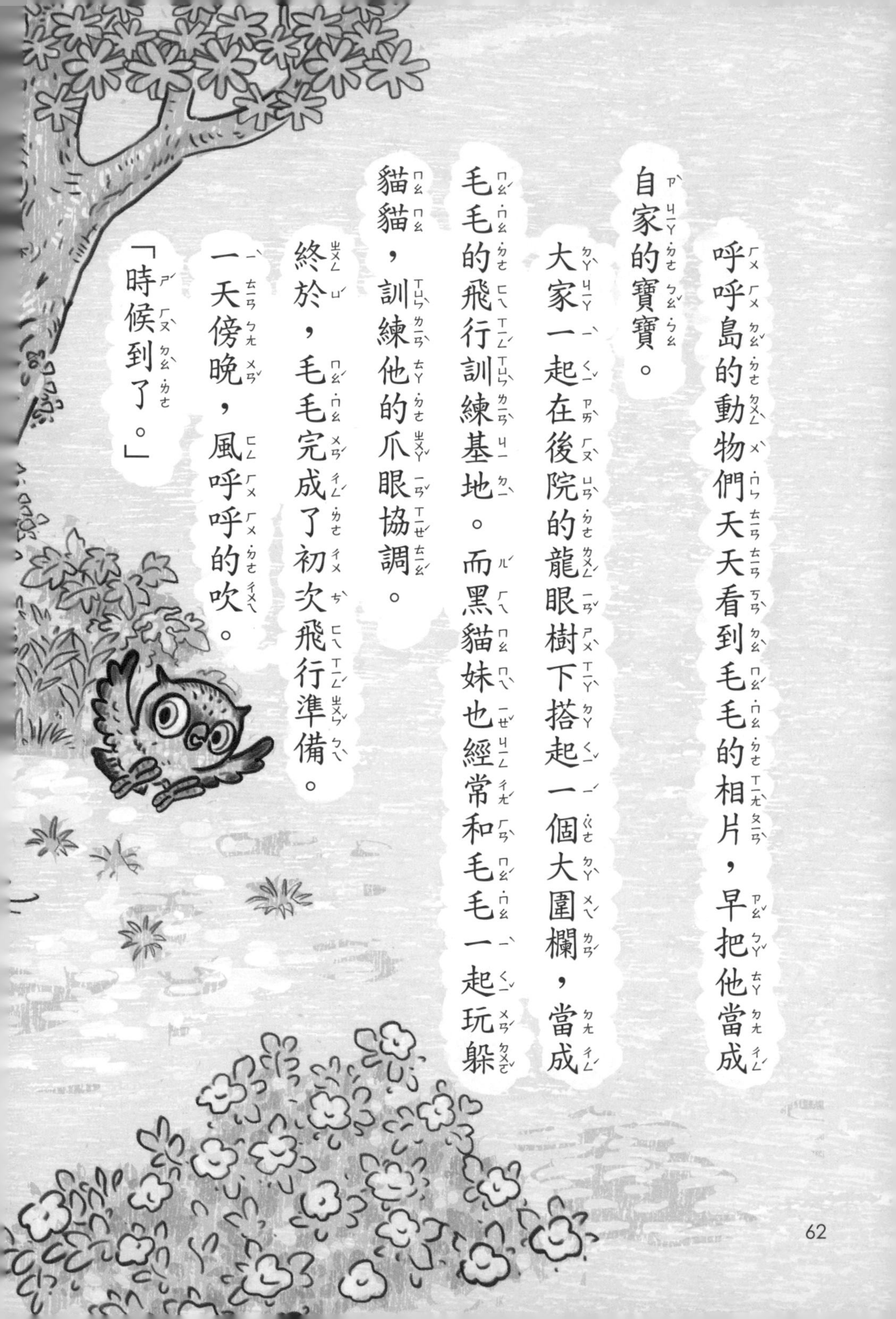

呼呼島的動物們天天看到毛毛的相片，早把他當成自家的寶寶。

大家一起在後院的龍眼樹下搭起一個大圍欄，當成毛毛的飛行訓練基地。而黑貓妹也經常和毛毛一起玩躲貓貓，訓練他的爪眼協調。

終於，毛毛完成了初次飛行準備。

一天傍晚，風呼呼的吹。

「時候到了。」

大熊醫生和黑貓妹一起把毛毛帶到樹林裡。

風呼呼吹，樹葉呼呼的翻飛。

聽到風的呼喚，

毛毛昂起頭，張開翅膀，

朝樹林深處飛去。

「再見！再見！」

大熊醫生和黑貓妹看著毛毛愈飛愈遠，最後變成一個小黑點消失在林間。

5

海龜奶奶的眼淚

又一個月過去，醫院漸漸上了軌道，
也陸續添購許多新器材和藥品。
大熊醫生有空就坐在電腦前，
或是發布消息、或是寫寫感想、
貼貼照片、回答問題。
他最喜歡的就是
貼上新生兒的腳印或照片，
讓大家來個猜謎大挑戰。

猜謎大挑戰
Q：請問這是誰的腳印？
Q：看圖猜動物
猜一猜 這是….
誰?!

阿金當然也不會放過網路這個科技版的「阿拉丁神燈」，他澈底發揮在地人脈網，不管缺輪椅或缺人手，一根手指頭就有回應。

一指搞定！
facebook
小兒科徵
換尿片高手

正在大家覺得平靜的一天又快過去的時候，門外忽然傳來敲門聲。

叩叩叩——叩叩叩——

「誰啊？是急診嗎？」

阿金急急打開門，來訪的是一隻海龜奶奶。

不是狗，不是貓，是海龜耶。

大熊醫生眨眨眼，這是醫院重新開張後第一次有海龜來敲門。

畢竟海龜平常住在大海裡，除了海龜媽媽要生寶寶，否則他們很少上岸。

大熊醫生目測這位海龜奶奶年紀應該不小，至少六十歲。

「請問您哪兒不舒服？」大熊醫生發現海龜奶奶拖著右腳，舉步維艱的走著。

海龜奶奶痛得說不出話，只是指指右腳。

大熊醫生扶著海龜奶奶躺上診療臺，發現她的右腳有一道很深的傷口，血肉模糊，還纏著半截漁網。他二話不說立刻動手替海龜奶奶醫治。

阿金看見魚網氣得跳起來：

「我爺爺說，最近這種又細又密的魚網很多，一旦被纏上就逃不了。」

海龜奶奶聽著，一顆豆大的眼淚從眼裡流了下來。

大熊醫生拿剪刀把海龜奶奶
腳上的漁網剪斷，仔細消毒傷口，
再用針線縫好，擦上藥膏，
最後才取紗布把傷口包紮起來。

海龜奶奶傷口很疼，不停的掙扎，
大熊醫生只好一手抱著她一手包紮，
還好海龜和烏龜不一樣，
腳不能縮回殼裡。

「海龜奶奶，請再忍耐一下，
我幫你打消炎針。」大熊醫生說。
海龜打針？要打哪兒？
連海龜奶奶都好奇的抬起頭來。
趁現在——
大熊醫生對準海龜奶奶的脖子，
迅速的把針插下去。

海龜奶奶反應慢半拍，過了一會兒才感覺到痛，咚的一聲整個身子翻過去，肚子朝天動彈不得。

大熊醫生和阿金用盡吃奶的力氣，才把海龜奶奶的身體翻回去。

還好藥效漸漸發作，海龜奶奶沒那麼疼了，她沉沉睡去，眼角還掛著淚珠。

治療完畢，大熊醫生和阿金一起把海龜奶奶抬上二樓的病房，奶奶的腿傷很重，還得住院觀察一陣子。

「傷口若是好不了，就只能切除部分右腳，裝上義肢。」大熊醫生心想，幸好最近有許多新型義肢，應該有機會讓海龜奶奶重回大海。

不過，大熊醫生愈想愈睡不著，他覺得如果漁網的問題不解決，或許還會有其他的受害者。

不行！他一定要阻止這種事。他把阿金拍下的海龜奶奶特寫照片上傳到粉絲團，語重心長的問：

有誰聽到海龜奶奶落淚的聲音？

大熊醫生寫完嘆了一口氣，關上電腦。

叩叩叩叩——叩叩叩——

阿金跑去開門。

咦？怎麼又來了一位海龜奶奶？

二號海龜奶奶非常瘦，大大的龜殼背在身上，看起來特別沉重。

「怎麼這麼瘦？沒吃東西嗎？」大熊醫生問。

二號海龜奶奶皺著眉，點點頭。

「不能吃東西最糟糕。」大熊醫生也皺起眉頭，通常吃不下或胃口不好，都可能隱藏著嚴重的疾病。

大熊醫生看了一下，這位二號海龜奶奶沒有外傷，他判斷可能是腸胃出了問題。

他仔細的用聽筒聽診，但是有厚厚的龜殼隔著內臟，聽筒根本聽不清楚。

大熊醫生說：「看來得拍幾張X光片，看看肚子裡的狀況。」

阿金聽了，立刻把二號海龜奶奶推入X光室，喀嚓喀嚓的，一連拍了好幾張片子。

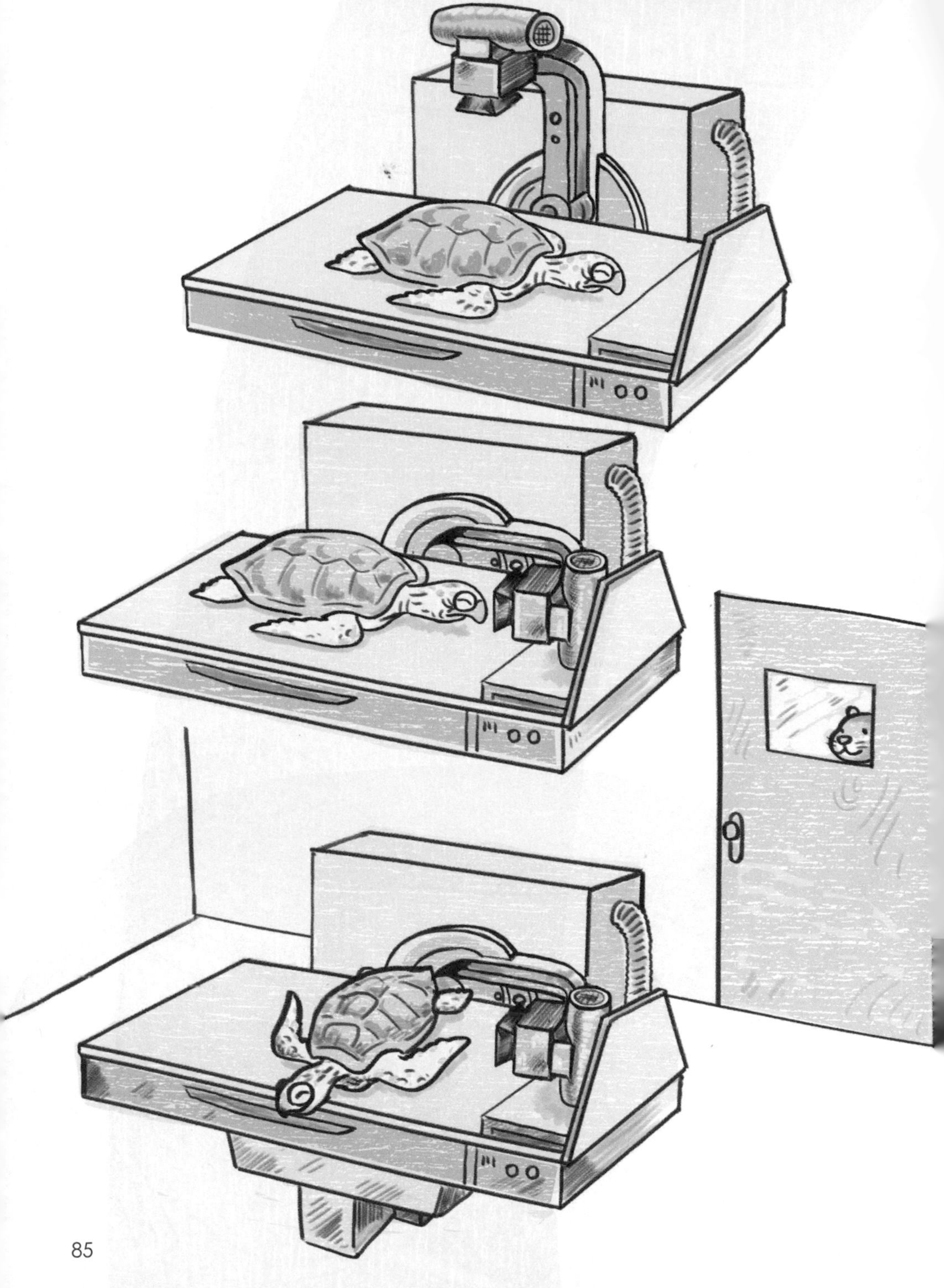

沒多久，X光的片子就出來了，答案也呼之欲出。

「這些是什麼東西啊？塑膠袋？瓶蓋？吸管？氣球？」

阿金驚訝得連連怪叫，他趕緊把片子拿給大熊醫生看。

二號海龜奶奶肚子裡裝滿垃圾，而且都是無法消化的東西。

「怪不得！
怪不得！
肚子都塞滿了，
自然吃不下食物。」
大熊醫生覺得有一把火
從肚子裡燒起來。

這幾年大海莫名其妙成了超級垃圾場，海龜們不太會分辨，不知不覺吞下許多垃圾食物。而且海龜因為感受遲鈍，以及長期住在海裡，發現病症時大多已經拖了五年以上，想來這位二號海龜奶奶「瘦」了不少苦。

大熊醫生立刻緊急開刀，把二號海龜奶奶肚裡的垃圾統統掏出來。

手術才剛剛結束。

叩叩叩叩——叩叩叩叩——

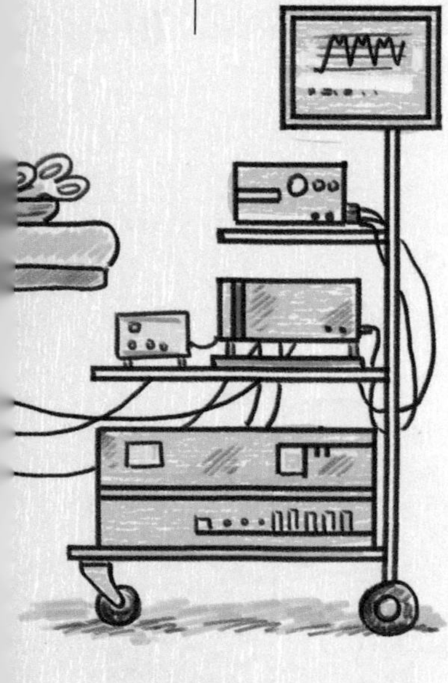

聽到敲門聲，阿金雖然累得快爬不起來，還是勉強去開門，等他看清楚門外的景象，什麼睡意都沒有了。

只見一隻接著一隻海龜排隊走進來，第一隻海龜的背殼不知為何破了一個大洞；第二隻海龜身上卡著一頂安全帽……

大熊醫生看了也不敢相信，他是在作夢嗎？

為了緊急處理湧進來的急診病患，

大熊醫生和阿金一直忙到黎明的前一刻，連負責看護的黑貓妹都忙得不可開交。

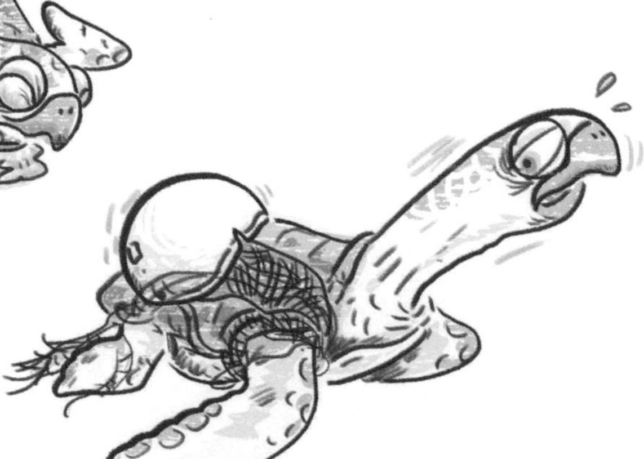

等到最後一隻海龜的治療結束，
阿金終於再也支持不住，
在急診室裡倒頭就睡。
但是看到病房裡滿滿的病患，
大熊醫生卻再也睡不著。

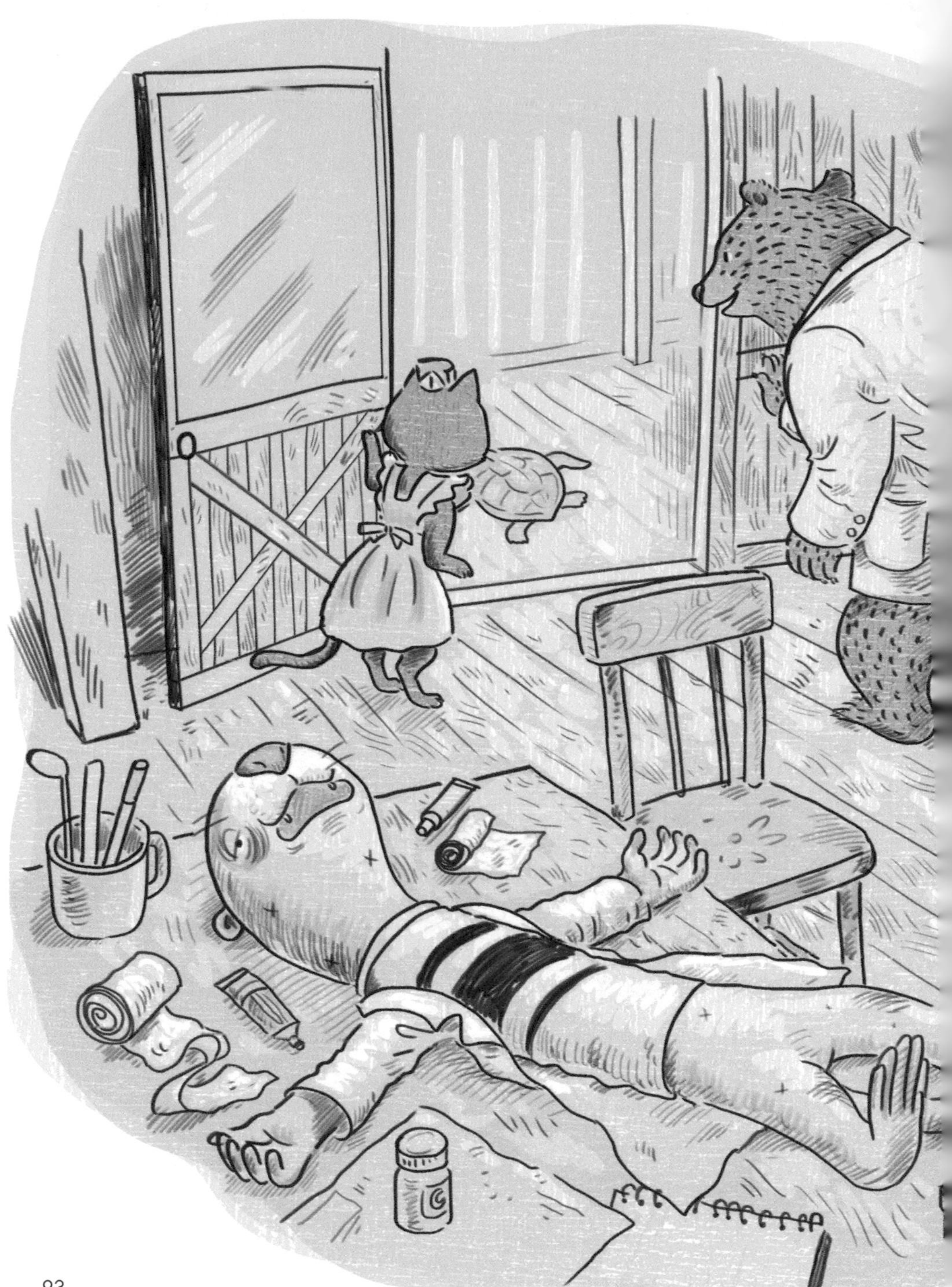

6

恐怖垃圾海

大熊醫生很難過，他救得了一隻海龜，也救不了另一隻。那隻身上勒著安全帽的海龜，龜殼已經變形，大概一輩子無法回復正常了。

大海到底發生了什麼事？怎麼變成垃圾場了？

他打開電腦，一邊上傳海龜們受傷的照片，一邊搜尋各種相關資料。結果，一筆一筆可怕的訊息出現在他眼前：

一、寄居蟹阿珍和阿珠找不到殼搬家，只好用保麗

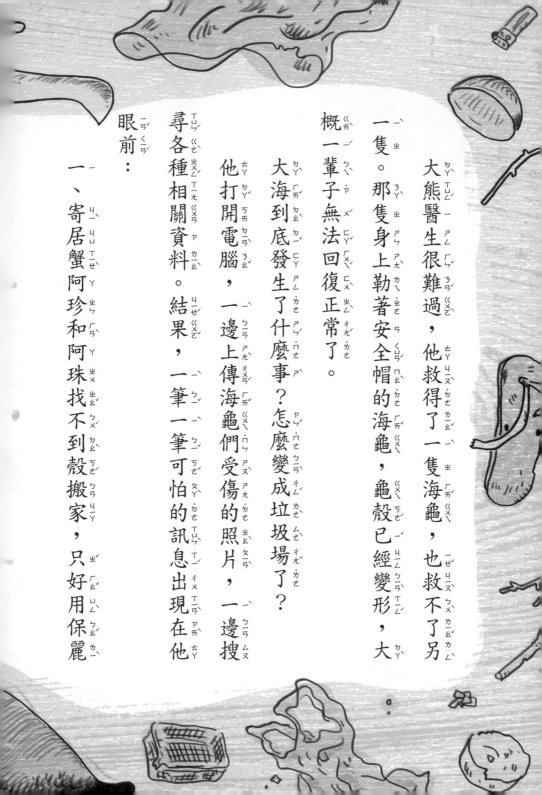

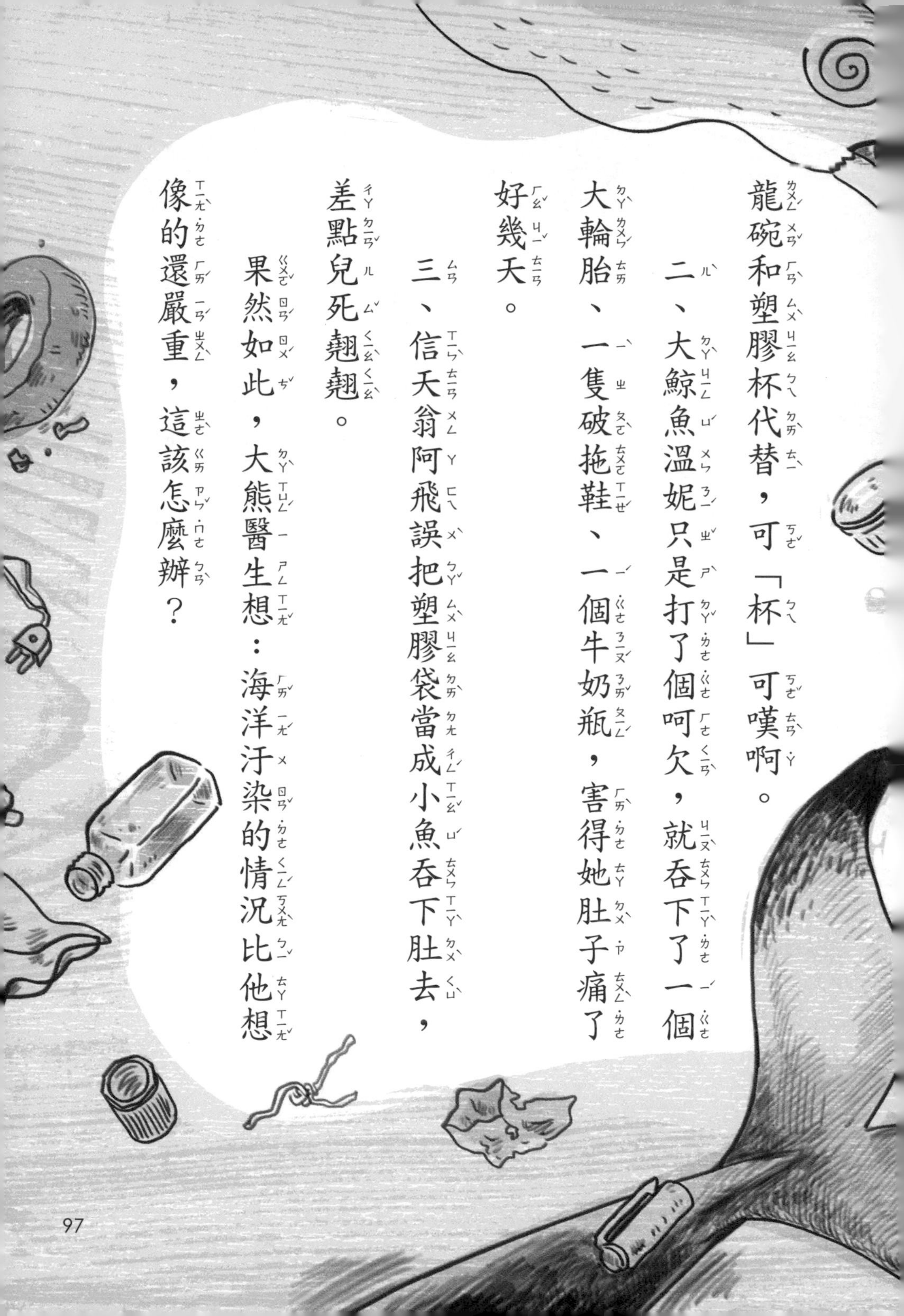

龍碗和塑膠杯代替，可「杯」可嘆啊。

二、大鯨魚溫妮只是打了個呵欠，就吞下了一個大輪胎、一隻破拖鞋、一個牛奶瓶，害得她肚子痛了好幾天。

三、信天翁阿飛誤把塑膠袋當成小魚吞下肚去，差點兒死翹翹。

果然如此，大熊醫生想：海洋汙染的情況比他想像的還嚴重，這該怎麼辦？

天亮了，阿金的驚叫聲響徹整個急診室。

「哇！哇！今天粉絲團首次突破十萬個讚。」

原來，那些海龜的照片引起大家的熊熊怒火，紛紛為海龜們抱不平，粉絲團網頁迅速湧入大量留言和討論，大家都在問：這些垃圾到底是哪裡來的？

「對啊！這些垃圾又沒有腳，怎麼會跑到海裡去？」

大熊醫生也很納悶，他決定和阿金一起到海邊調查。

「咦？這不是汽水瓶嗎？這樣很危險啊，要是玻璃碎了，不小心踩到就會割傷耶！」

阿金一邊哇哇叫一邊把玻璃瓶丟進大熊醫生手上的袋子裡。

塑膠罐、包裝袋、尼龍繩……

很快的，他們就撿滿了一大袋，而沙灘上的垃圾還有很多。

答案終於揭曉了。
大熊醫生看看阿金，
阿金看看大熊醫生。

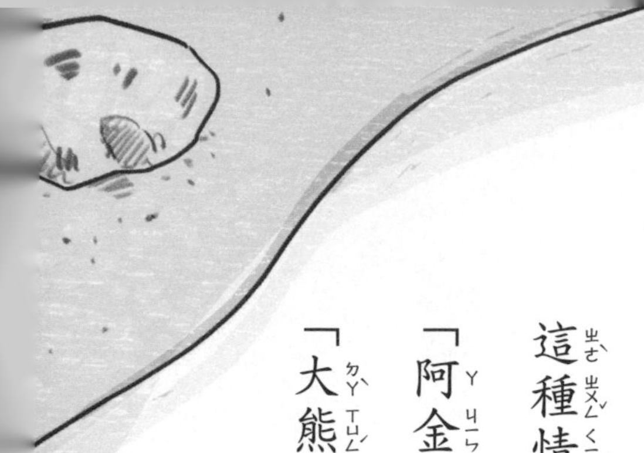

他們知道，製造垃圾的不是「誰」，而是他們所有人。有人隨手亂丟垃圾，有人亂倒垃圾……最後，各種垃圾全部隨著潮汐湧入海中、四處漂流。惡性循環的結果，大海已經變得髒兮兮，並且充滿危險。

這種情形如果不改變，一定還會有更多受害者。

「阿金，我有一個計畫。」大熊醫生說。

「大熊醫生，我支持你！」阿金也堅定的說。

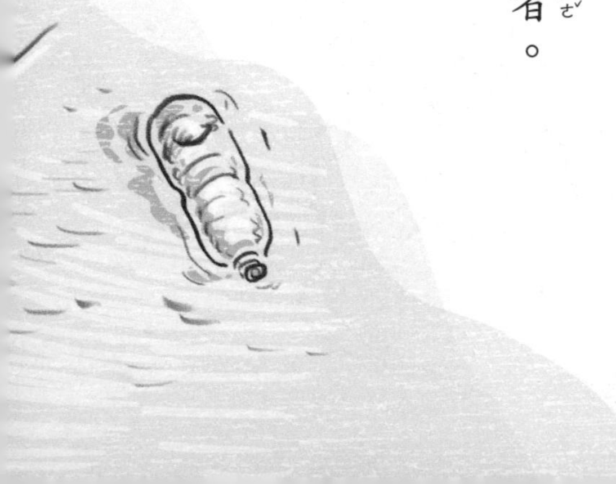

望著海面上的夕陽，
大熊醫生和阿金都下定決心，
一定要讓大海恢復健康。

7
黎明行動

大熊醫生回去後立刻上網，鄭重的寫了一封道歉信給大海，和住在海裡以及海邊的動物們。他呼籲大家如果想要保護呼呼島和這片海洋，必須從自己做起。

大熊醫生接著在粉絲團上發起「手腳並用」計畫，手代表不要隨手亂丟垃圾，腳則代表行動，號召大家每個週日清晨一起到沙灘上撿垃圾，還給呼呼島乾淨的沙灘和海洋。

大熊醫生的呼籲能獲得大家的回響嗎？

週日到了，天剛亮，大熊醫生和阿金就跑到沙灘上準備。

「阿金，你覺得會有人來嗎？」大熊醫生忍不住擔心。

「放心，我已經通知所有水獺家族。」阿金翹起一隻手指說。

果然，沒一會兒海灘就聚集了許多動物。

除了水獺家族成員全數到齊，許多曾經到醫院看過病的動物也都來了，還有一些陌生的朋友，他們都是看到網上的訊息特別趕過來的。

大人小孩全都捲起衣袖、彎下腰，一起努力把沙灘上的垃圾撿乾淨。

阿金則自告奮勇，請老水獺爺爺組織一個海上巡邏隊，清除漂流到海裡的垃圾。

「果然，在呼呼島沒有不可能的事。」

大熊醫生眼眶又紅了，他的心情好像回到了他剛到呼呼島、大家一起重建醫院的那一天。

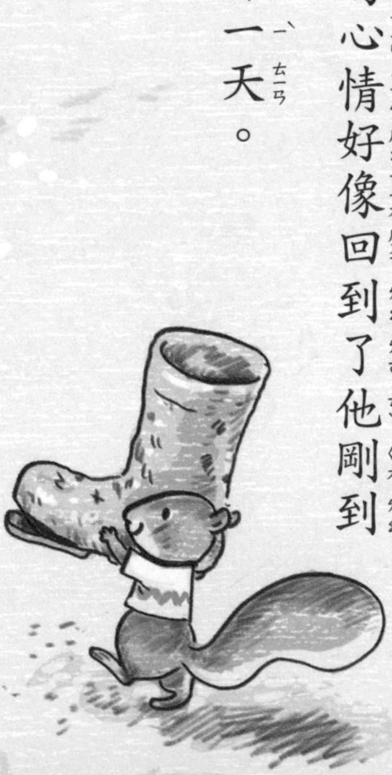

海浪呼呼叫，
海風呼呼吹，
大家的心也熱呼呼的。
沒錯，大家一起動手，
任何事都做得到。

秋天的時候，大熊醫生粉絲團上有人貼了一張全身黑漆漆的鳥兒照片。

「糟糕！糟糕！發生大事了！」

大熊醫生一看到照片，立刻抓起醫藥箱奔到港口，登上老水獺船長的船。

猜猜看，大熊醫生這回要去哪兒緊急出診？又要去拯救哪個動物呢？

記得持續關注「大熊醫生粉絲團」哦！

貓頭鷹毛毛的回禮

自從貓頭鷹毛毛恢復健康之後……

毛毛再見！再見！再見！要回來看我們哦！

不知道毛毛現在怎麼樣了？
說不定毛毛已經找到爸爸媽媽了。

想不到奶奶幫我織的衣物可以全部派上用場。現在，醫院裡不只多了一間寶寶病房，而且保暖睡袋絕對不會缺貨。
哇！哇！
哇！
安心啦！
實在太好了！

？
叩叩
咦？有急診嗎？

誰啊？
咦？奇怪，怎麼沒看見人影？
ㄒㄧㄡ！
嚇
會不會是……？
帥哥
ㄒㄧㄡ！
!?
這是什麼東西？黏答答、滑溜溜的……

哎呀！是青蛙！
給你！給你！
嘿嘿！黑貓妹，毛毛送禮物給你呀！哈哈！
聽說貓頭鷹會送禮物感謝幫助他的對象唷！
禮物！禮物！
不要！我才不要這種禮物啦！
後來，毛毛經常回來呼呼島醫院看大家，而且每次都會帶禮物來……
大熊醫生！你趕快想想辦法呀！
禮物！禮物！
我也沒辦法呀！

Doctor

大熊醫生小教室

審訂／臺灣猛禽研究會研究專員 曾建偉

大家一起來認識貓頭鷹

貓頭鷹小百科

像毛毛這樣的貓頭鷹，屬於鳥綱鴞形目，全世界大概有一、兩百種貓頭鷹，分布在除南極洲以外的各大洲，大部分貓頭鷹都是夜行性食肉動物。

牠們的眼睛有特殊構造，在微弱的光線下也可以看得很清楚，因此能適應夜間活動。

貓頭鷹的鉤爪銳利內彎，還是轉趾足，也就是牠們腳爪的第四趾可以前後轉動，可以更牢靠的抓住獵物。

貓頭鷹身上柔軟的羽毛具有消音的作用，飛行的時候非常安靜，不容易被獵物發現。

臺灣的貓頭鷹

已經發現有十二種貓頭鷹在臺灣生活，常見的種類如領角鴞、黃嘴角鴞等等，其中領角鴞的棲息地跟人類很接近，也有些會在建築物凹洞裡築巢，是最容易被看見的貓頭鷹。黃嘴角鴞像吹口哨一般的「呼～呼～」叫聲，也令人印象深刻。

延伸閱讀：環境資訊中心網頁〈臺灣的貓頭鷹〉。網址：http://e-info.org.tw/topics/46266

貓頭鷹送禮的行為

這件真實事件發生在南非。有位男士曾經照顧過一隻受傷的貓頭鷹。沒想到這隻貓頭鷹傷癒後，常常帶著「小禮物」回來探望他，連家中的貓咪也有一份。只不過這些禮物，包括老鼠、蛇、小鳥等，雖是貓頭鷹最珍貴的獵物，但對人來說，卻有啼笑皆非的感覺。

作者的話

發揮故事的力量

文　劉思源

「東北角金沙灣發現一隻死亡的綠蠵龜，解剖後發現，牠的消化道塞滿大量垃圾，包含氣球、糖果紙等等。」

「一隻長五點七公尺的虎鯨在南非海邊擱淺，最後不幸過世，研究員解剖時，居然從牠的肚子裡找到一隻舊鞋。」

一張張怵目驚心的照片和訊息，不時的從電腦螢幕上跳到我眼中，而且愈來愈頻繁。前天一條虎鯨在世界的那一頭擱淺；今天可能就有一條抹香鯨在我腳下的沙灘嗚咽。

一向如恐龍般遲鈍的我也深深感受到環境崩落的速度；而動物們奄奄一息、哀傷無助的眼神，彷彿無聲的嘆息。

我無法別過頭去，我也知道，在這惡事上我（我們）並非全然無辜。

幸好，在這場現實轉播的災難片中，我們看到一點曙光。從動物救援者、醫療人員、研究人員、環保工作者、志工……身上發出來的光和熱，帶領我們在黑夜中昂然前行。雖然這條路又長又黑，布滿後悔石頭和錯誤荊棘，仍需要更多人一起走。

身為一個創作者，我可以做的第一件事就是「寫故事」，從故事中發聲，發揮故事的力量。

於是，我試著創造一座小島「呼呼島」，這個小島的土壤是多層的多樣的，包含臺灣、澎湖、金門等本土生態，也融合了其他地方的地理環境和生物。因為，環保不僅是家門口的事，一舉一動都會影響全世界，最簡單的例子就是目前最令人頭痛的空汙問題和氣候變遷。

我也塑造了一組好搭檔，大熊醫生和助理小水獺阿金，體型一個大、一個小，但兩個都熱情、熱心，並且具備超強行動力。因為我相信環保不是一個人的事，而是每一個人的事。大家互相支持、幫助，團結力量大。

另外幾經思考，我決定採用擬人化的方式寫這個故事。因為我覺得動物的困境就是人的困境，並不能分出彼此。但事實上，書中的每個單元都有真實事件的基底，但透過動物的口吻來訴說，相對有更豐富的意思。

當然，回到文學的本位，創作初衷始終如一，希望這是一個「好看的故事」。

最後要特別感謝插畫家嚴凱信先生，透過他精湛的藝術和創意，讓這座呼呼島成為可能，而且每位動物主角活靈活現，展現獨特的個性和特質，不論表情和動作都會說話，彷彿我們身邊的朋友。